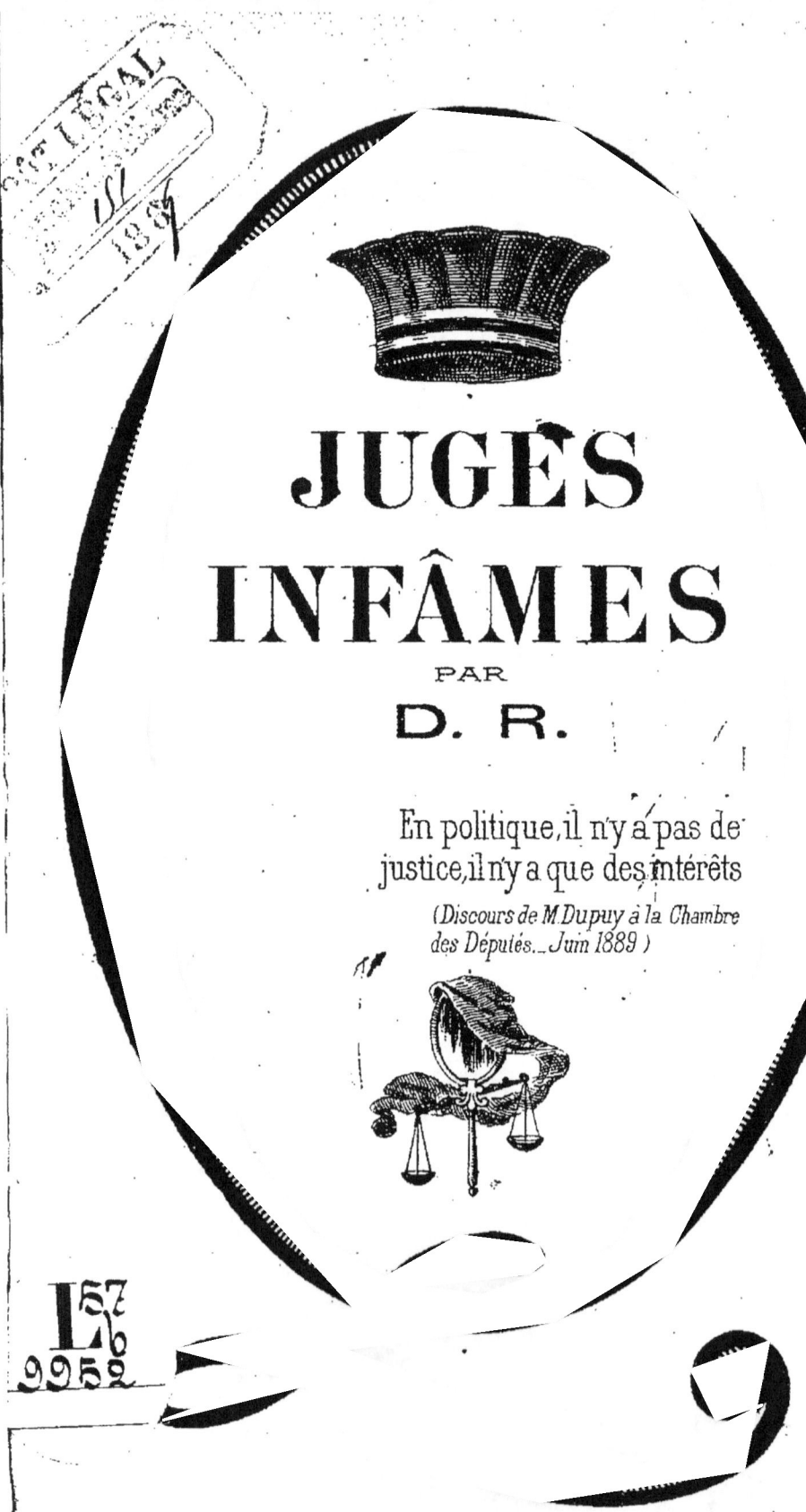

JUGES
INFÂMES

PAR
D. R.

En politique, il n'y a pas de
justice, il n'y a que des intérêts

*(Discours de M. Dupuy à la Chambre
des Députés.—Juin 1889)*

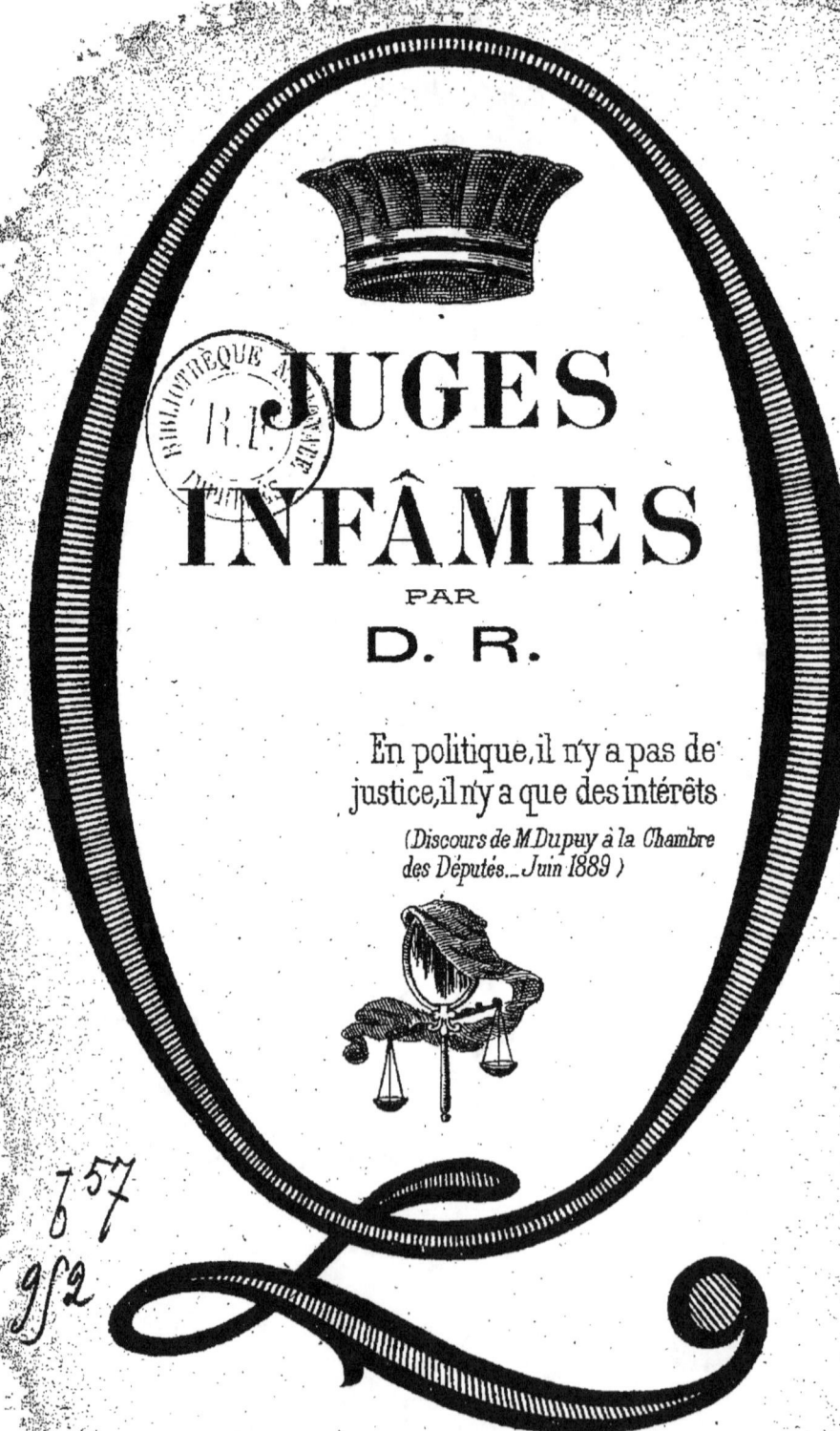

JUGES INFÂMES

PAR

D. R.

En politique, il n'y a pas de
justice, il n'y a que des intérêts

*(Discours de M. Dupuy à la Chambre
des Députés.– Juin 1889)*

JUSTICE !

L'ignoble comédie est jouée !

L'infâmie est complète, elle était prévue.

Bien loin, en effet, est le temps où le magistrat répondait à la pression gouvernementale par ces mots : « La Justice rend des arrêts et non point des services. »

Aussi, ce ne sont pas des juges ces imbéciles vieillards du Sénat, dont tout le monde naguère demandait la suppression et qu'une certaine presse reptile affecte aujourd'hui de prendre au sérieux. Eux, qu'on a traités justement d'impotents inutiles, de rouages usés ; ces éreintés de la politique, ces blackboulés du suffrage universel, ces importantes inutilités, ces esclaves de la Chambre, ces « sabots parlementaires », comme disait Pyat, on les a appelés les défenseurs de la Constitution, on les a pris pour juges, sachant qu'ils seraient serviles. On ne s'était pas trompé !

« Supprimer tout ce qui gêne par n'importe quel moyen. » Voilà l'axiome de Madier de Montjau, que les voleurs du pouvoir ont pris pour devise. Le pavillon couvre la marchandise.

Mais on ne pouvait s'adresser aux tribunaux compétents, impartiaux pour cette sorte de besogne. La magistrature indépendante, malgré les épurations, a donné de trop cruelles leçons à nos petits maîtres pour qu'ils soient pris d'envie de retour.

Ils n'ont point voulu de la juridiction ordinaire, parce que d'abord, des juges auraient pu être impartiaux et qu'ils auraient, au moins, entendu la défense des accusés et les dépositions des témoins. Ils ont préféré les juger eux-mêmes, eux, des ennemis politiques, c'est-à-dire les plus implacables et les plus haineux des ennemis. Et ils ont inventé la Haute-Cour, cette Cour que la vindicte populaire a déjà surnommé la *Basse !*

Ils n'ont point voulu de débats contradictoires, et pour cela, ils ont refusé les poursuites à M. Thiébaut qui les demandait afin de pouvoir démontrer la fausseté, la fourberie hideuse du procureur général. En se défendant, un complice aurait défendu le général Boulanger.

Et ils ont violé la loi !

Oui le Sénat a commis, malgré les protestations soulevées, le Sénat a commis une épouvantable forfaiture !

Il n'était pas compétent, et il a jugé.

Les accusations n'établissaient ni complot, ni attentat, et il a reconnu l'un et l'autre.

Toutes les accusations étaient démontrées fausses ; il n'a pas voulu le savoir.

Ce ne sont pas des juges :

Ce sont des inquisiteurs,

Ce sont des infâmes !

*
* *

Mais à ce Luxembourg, devenu un repaire, il fallait un loup ; à ces reptiles, un charmeur ; à ces polichinelles, un maître de ballet.

Eh bien ! ce rôle ignomineux, on l'offrit à celui qui occupait un des rangs les plus élevés dans la magistrature, au procureur général de la Seine. Ce siège était occupé alors par un homme de cœur qui était l'honneur de sa charge, comme son successeur en est la honte. M. Bouchez fut pris d'un haut le cœur et leur cracha son mépris à la face avec sa démission.

Les crimes du général Boulanger, en effet, mais quels étaient-ils ?

Le général avait été élu député dans plusieurs départements à la fois ;

Il avait été reconduit à la gare de Lyon, après son ministère, par plus de 100,000 Parisiens ;

Il avait reçu de citoyens de toutes classes, fonctionnaires, ouvriers ou soldats, des marques de confiance ou de dévouement ;

Il recevait, dans son hôtel de la rue Dumont-d'Urville, près de trois cents personnes par jour ;

De toutes parts, ses amis politiques lui envoyaient de l'argent pour l'aider dans son œuvre politique ;

Ferron avait été hué à la revue du 14 juillet 1887 par les boulangistes ;

C'est au cri de : « Vive Boulanger ! » que s'étaient faites les manifestations de décembre à la place de la Concorde.

Il n'y avait pas là matière à une accusation de complot et d'attentat. Sinon, pourquoi avoir depuis nommé le général commandant du XIIIe corps d'armée ?

Cependant il fallait trouver de quoi condamner le

général pour concussion et attentat, et pour trouver cela, il fallait trouver d'abord un être dégradé, un faussaire sans vergogne, qui consentit à se plonger dans les dessous de la politique, comme le rat dans l'égout, pour y recueillir ce qu'il y avait de plus sale et venir le jeter en plein jour sur tout ce qui était propre et indemne.

En France, cet être-là se croyait introuvable, et pourtant, guidé par son instinct de chercheur de truffes, Constans le trouva :

Un homme, un magistrat, s'est rencontré d'une bassesse d'âme incroyable, un raté, oublié honteux des lettres, à qui ces saletés n'ont pas répugné.

Il s'appelle Quesnay de Beaurepaire.

Présomptueux, sans ami, sans scrupules et sans cœur comme sans blason, il a quitté le radicalisme le plus avancé pour l'opportunisme, et, nouveau Judas, il vendit ses frères, les cléricaux, pour un siège à la première Chambre du Tribunal de la Seine, où il défendit les décrets.

Il a cru se réhabiliter en revêtant la robe rouge; ce sera pour lui la robe de Nessus qui le poursuivra jus—qu'au pilori !

*
* *

Le principal personnage de la farce était trouvé. Ferry le Tonkinois, Ferry que tout Français de cœur déteste, celui qui a machiné toute cette affaire; oui Ferry, l'ami de Bismarck, le plus menteur de tous nos menteurs politiques, et Dieu sait si nous en avons... Ferry tira ses ficelles et rassembla ses pantins au Luxembourg.

La Haute-Cour était constituée.

Du fond d'une tribune d'où son œil fourbe suit tous les mouvements de ces crânes chenus, il les mène à son gré et en jongle comme les Japonais avec des boules d'ivoire. Et ces pauvres hallucinés s'imaginent avoir leurs mouvements libres !

Alors apparaît Quesnay, rouge comme un homard, qui jamais ne s'est vu à pareille fête ; il se montrera à la bassesse de sa basse tâche.

Il a déjà fait un premier réquisitoire, mais pas une ligne n'en est resté debout. C'est pourquoi, au mépris de toute justice, il recommence, il revient à ses vomissements, et cette fois, il a tant de boue, d'ordures et de repaires dans la bouche qu'on se demande comment un être humain, si dégradé soit-il, peut contenir tant de scories et n'en point crever.

Et comment y a-t-il des hommes qui aient pu empêcher leur cœur de leur monter aux lèvres devant un spectacle si écœurant ?

Il n'a pas fallu moins de trois séances pour l'écoulement de ce flux qu'il faudrait la franchise de Cambronne pour qualifier.

A la première séance, cela pleut pendant quatre heures et demie. Mais au-dehors les démentis affluent de tous côtés, réduisant à néant les odieuses calomnies de Beaurepaire.

Quesnay n'y prête aucune attention, au contraire; l'averse dont nous parlons redouble le jour suivant, à tel point qu'on suspend la séance. Celle-ci dure ce jour-là pendant cinq heures.

Les démentis redoublent aussi et tombent dru comme la grêle sur le procureur qui n'en continue que de plus belle le lendemain. Ferry, au moyen de ses ficelles, porte les mains des sénateurs à leurs oreilles pour qu'ils n'entendent pas le bruit qui vient du dehors et n'aillent pas, par peur, abandonner la partie.

Le troisième jour, Beaurepaire répand sa dernière et dégoûtante évacuation, et cela pendant quatre heures et demie.

C'est pourtant la fin, mais si ce qui est tombé de ses lèvres et a regagné l'égout d'où cela était tiré, si le ruisseau pouvait remonter, la tour Eiffel serait bien petite en comparaison du gigantesque échaffaudage de mensonges et de calomnies élevé par Beaurepaire.

On a, en effet, calculé que les lignes du réquisitoire, ajoutées les unes aux autres, atteindraient une hauteur de plus de 700 mètres !!

*\
* *

La première partie de la farce était achevée.

La seconde devait se dérouler à huis clos.

Les rideaux ont été tirés aux fenêtres et les verrous aux portes. Il fallait la nuit pour mettre la dernière main à l'attentat dirigé contre le droit et la liberté !

En vain, les membres indépendants du Sénat — au nombre d'une soixantaine, et parmi eux nos meilleurs jurisconsultes — ont fait tous leurs efforts pour démontrer l'incompétence de la Haute-Cour.

De vieux républicains comme M. Vallon, celui qu'on a appelé le « père de la Constitution » et M. de Sal ont fait entendre la voix de la justice, mais en pure perte. Devant les huées de leurs collègues, ameutés contre eux comme des chiens lancés à la curée, ils sont restés impuissants.

« C'est scandaleux ! » s'est écrié M. de Sal dans un rancœur.

Mais c'en était fait, dès lors ; il n'y avait plus rien de propre à attendre de ces 200 exécuteurs des basses œuvres de Constans !

Le Sénat n'avait pas fait mentir les espérances bâties sur *son imbécillité.*

Trois jours et quatorze heures de séances avaient à peine suffi pour la seule lecture du réquisitoire ; il n'a fallu que quelques minutes pour l'examen des pièces du dossier, pourtant toutes fausses, et pour la lecture d'un jugement écrit à l'avance.

Et c'est pour ce bouquet final que le président sans pudeur d'une Cour non moins éhontée, M. Le Royer, conviait tous les siens, ajoutant cyniquement « qu'ils avaient été à la peine et qu'il était juste qu'ils fussent à l'honneur ! »

Oh ! devant pareille audace, pareille turpitude, devant tant d'impudence, tout cœur honnête se gonfle de rage, et la bile l'étouffe.

Il vous prend véritablement des nausées !

Voilà cependant un gouvernement qui se dit républicain ! Voilà où nous en sommes arrivés après dix-neuf ans de République !

**
***

C'était bien la peine, ô Rochefort, de démolir l'Empire, puisque les fils de la République, ou plutôt les bâtards qui l'exploitent, devaient employer des mesures vexa—toires auxquelles jamais on n'eût osé arriver alors.

Et vous, mon général, à quoi vous sert—il d'avoir relevé le courage national, d'avoir tenu en respect et pris dans leurs propres filets les espions de la Prusse ?

Où devait vous conduire votre dévouement pour la patrie ?

A la déportation perpétuelle !

Telle est la reconnaissance des Français... Mais, que dis-je ? Ce ne sont pas les fils de la France, tous ces Prussiens, ces Badois, ces Belges, ces Suisses, ces juifs qui vous accusent de concussion et voudraient vous arracher de la poitrine la croix des braves pour en faire ce qu'ils en ont fait si souvent, la vendre et la revendre !

Ils vous ont condamné ! mais il y a des condamnations qui honorent et le Pays se charge de faire justice.

Cette croix de grand-officier de la Légion d'honneur, dont la vue les fait enrager, gardez-là bien, mon général, elle vous appartient.

Ce sont les balles ennemies qui vous l'ont placée sur la poitrine, avec les blessures qui y sont gravées. Celles-ci sont indélébiles comme celle-là !

Oui, conservez-là, mon général, la France vous l'a donnée, personne ne peut vous l'enlever, vous la prendre, sinon des voleurs !

La Nation se souviendra que, pendant qu'on vous condamne, ceux qui ont trafiqué de son honneur, les Wilson et les d'Andlau jouissent en paix du prix de notre honte.

Et justice sera faite.

Oui, justice ! justice !! justice !!!

Toutes les accusations fondamen-
tales du procureur ont été démenties.
Mais, comme le jugement était fait
d'avance, on n'a tenu aucun compte
de ces démentis.

Nous en appelons donc à l'opinion
publique, et à ce Tribunal suprême
« La Nation », à laquelle s'adressent
les preuves irrécusables et spontanées
des mensonges de Q. de Beaurepaire !

MENTEUR!

Dans le cours de son réquisitoire, le procureur général a dit :

« Le général Boulanger n'a pas d'antécédents militaires, il n'a même pas commandé une brigade devant l'ennemi ! »

En effet, en 1870, Boulanger n'avait que trente-trois ans ; il était colonel et commandeur de la Légion d'honneur.

Il fut blessé à Champigny, à la tête de son vaillant régiment, dans l'assaut du parc de Cœuilly, où le Q. de Beaurepaire n'était pas.

Mais Boulanger ne commandait pas de brigade.

Le général Boulanger compte vingt-deux campagnes et a reçu quatre blessures.

MENSONGES ET SOUFFLETS

On voit, d'après cette première accusation, ce que valent les autres. Aussi, ne traînerons-nous pas nos lecteurs dans toute la boue et la fange du réquisitoire, ils n'y pourraient tenir.

Nous nous bornerons à en relever un point principal et les démentis qu'il a soulevés. On jugera par là, de la bonne foi du procureur.

C'est le premier chef d'accusation — le seul pour lequel le général Boulanger eût pu être poursuivi devant la Haute-Cour : complot et attentat contre la sûreté de l'État.

Nous réunissons à dessein ces deux accusations parce qu'elles n'en font véritablement qu'une.

D'après le procureur général, l'attentat résulte *uniquement* de la présence certaine de Boulanger à Paris, le 14 juillet 1887, jour où Ferron fut conspué à la revue de Longchamp, et où Boulanger (toujours d'après l'accusation), profitant d'un mouvement populaire, devait monter à cheval et renverser le Gouvernement.

Le général, caché à Paris, dans une maison du boulevard Malesherbes, chez une dame Pourpe, sa maîtresse, assistait au défilé des troupes, et ne s'était retiré que lorsque tout espoir fut perdu.

A en croire Quesnay, cinq témoins affirmaient, sous la foi du serment, avoir vu le général dans cette maison, le 14 juillet 1887.

C'était là le point capital de l'accusation.

« Puisqu'en effet, a dit le procureur général, Boulanger était embusqué là (à Paris, chez la dame Pourpe), Boulanger est l'homme du coup de main et je n'ai plus rien à démontrer du tout ».

**
*

Le lendemain de la lecture de ce passage, les démentis affluèrent.

Ce fut d'abord Mme Pourpe qui écrivit aux journaux une longue lettre dont nous extrayons les passages suivants :

« J'ai habité, en effet, 155, boulevard Malhesherbes, au premier ; j'ignore si les revues de troupes passent par là, je ne le crois pas ; mais ce que je sais, c'est que j'en ai déménagé en septembre 1886, donc, une année avant la revue de 1887, et je n'y suis jamais retournée. »

. . . .

« Le 14 juillet 1887, le Général était à Clermont-Ferrand et moi j'étais dans le département de l'Aisne avec une personne de ma famille qui devait traiter une affaire. Nous étions à Coucy-le-Château, à l'hôtel des Ruines, discutant des intérêts dans Coucy, pour amener la conclusion d'un acte passé le lendemain avant notre départ, chez M° Gibert, notaire, lequel peut en témoigner. Et cet acte est nécessairement enregistré. Il n'y a rien qui se prouve comme la vérité. »

« Je prie Messieurs les Sénateurs d'exiger les noms des cinq faux témoins qui ont déclaré que j'habitais le boulevard Malhesherbes en 1887. Ces cinq faux témoins que je puis démasquer, doivent comparaître en police correctionnelle : les noms, les noms, il faut les noms ! Et si ces cinq témoins sont inventés, c'est M. le Procureur qui les a annoncés, qui doit être inculpé à leur place. Son réquisitoire n'est qu'un anonymat ; ma réponse donne au moins les noms et les adresses de chacun.

. . . .

« Maintenant, je déclare que je n'ai jamais été la maîtresse du général Boulanger, je n'ai été pour lui qu'une femme dévouée dans ce qu'il y a de plus honorable.

« Il ne m'a jamais chargée d'aucune mission. »

Voilà qui est précis !

Quelques jours plus tard, la dame Pourpe envoyait de Bruxelles, à l'*Autorité*, le télégramme suivant :

« Je poursuis en correctionnelle les dix-huit locataires du boulevard Malesherbes, 155, pour connaître les noms des cinq faux témoins et les stigmatiser devant la France. — Juliette Pourpe ».

Autre soufflet pour faire la paire avec le précédent :

Monsieur le Rédacteur en Chef de l'*Intransigeant*,

Le Procureur général dit quelque part dans son réquisitoire, que des témoins qu'il ne veut pas nommer de peur qu'ils ne soient *achetés*, peuvent certifier que le général Boulanger se trouvait dans le fameux appartement en question, 155, boulevard Malesherbes, le 14 juillet 1889. Je donne à cette partie du réquisitoire le démenti le plus formel, attendu que j'habitais cet appartement depuis le 5 mars 1887, et que le général Boulanger ne m'a jamais fait l'honneur de venir chez moi.

Moi aussi j'ai des témoins, mais qui ne peuvent pas être achetés, puis j'ai mon bail enregistré et mes quittances de loyer.

Recevez, Monsieur le Rédacteur en Chef, l'assurance de mes sentiments les plus distingués.

Em. Bruel,
Capitaine de cavalerie en retraite.

Donc, si Boulanger était à Paris le 14 juillet, il n'était certainement pas au boulevard Malesherbes.

Où était-il?

Les lettres suivantes vont l'indiquer.

La première est du sieur Tessier, ancien sergent au 97e de ligne, en garnison à Clermont-Ferrand, qui écrit aux journaux pour affirmer sur son honneur de soldat, que le 14 juillet 1887, étant de revue à l'hôtel de la Division, il a vu le général Boulanger et que celui-ci n'a pas quitté l'hôtel de la journée entière.

Le même jour, la *Presse* recevait la lettre que voici :

Monsieur le Rédacteur,

Je crois de mon devoir de venir vous déclarer que le 14 juillet 1889, M. le général Boulanger ne pouvait pas être à Paris, par cette bonne raison qu'il était à Clermont-Ferrand où je l'ai vu, de mes propres yeux, vu.

Je suis de Clermont, je m'y trouvais le 14 juillet 1887, au café du Helder, entre six et sept heures du soir. Le café du Helder, le café des officiers, se trouve en face du quartier général, et j'affirme avoir vu le général Boulanger à la troisième croisée de son appartement, donnant sur le boulevard du Séminaire.

Cette fenêtre est juste au-dessus de la guérite du factionnaire. J'ajoute qu'au même moment le médecin du 36° d'artillerie sortait de la division.

Vous ferez de ce renseignement ce que vous croirez devoir en faire, Monsieur le Rédacteur, mais en voyant l'acharnement que mettent certaines gens à dénaturer la vérité pour faire tort au chef du Parti républicain national, je considère comme une obligation pour un honnête homme de vous le livrer dans sa simplicité.

BOUDET,

66, rue des Dames.

Un employé très ancien de la police politique, le nommé A. Perrenoud, adresse lui-même à l'*Intransigeant* une lettre dans laquelle il dit :

« Les premiers jours du mois de juillet 1887, j'ai été envoyé en mission spéciale par la direction de la Sûreté générale à Clermont-Ferrand ; de jour en jour, j'ai établi un service très serré de surveillance sur l'Hôtel de l'État-Major, et mon quartier d'observation était au café du Helder, en face la résidence du général Boulanger. J'ai signalé, dans mes rapports, la présence du général à Clermont-Ferrand, le jour de la fête nationale. Eh bien ! ou j'ai menti dans mes rapports journaliers et télégrammes, ou je suis dans la vérité lorsque je viens attester que le 14, et je dis et écris quatorze juillet mil huit cent quatre-vingt-sept, le général Boulanger était à Clermont-Ferrand, n'en déplaise à ceux qui ont cru le voir à Paris et auxquels je donne un éclatant démenti. »

Enfin, voici un démenti tout aussi formel, un démenti qu'on ne saurait mettre en doute, sortant de la bouche d'un officier supérieur, le chef d'état-major du XIIIᵉ corps d'armée qui a écrit au général Boulanger :

Mon Général,

Vous m'avez demandé si je me souvenais de votre présence à Clermont-Ferrand le 14 juillet 1887, et vous m'avez prié de demander au médecin qui vous soignait à cette époque, un certificat constatant qu'à la date ci-dessus, vous étiez dans votre lit et dans l'impossibilité de passer la revue des troupes.

M. le docteur Papillon qui vous soignait et qui était à cette époque, Directeur du Service de Santé du corps d'armée, a été nommé médecin inspecteur et envoyé à Marseille.

Je lui ai écrit pour lui communiquer votre désir et, voyant qu'il ne me répond pas, je me décide à vous écrire, me proposant de vous envoyer plus tard sa réponse, s'il me l'adresse.

En ce qui me concerne, je serais prêt à témoigner, si j'étais appelé à le faire, parce que c'est mon devoir d'honnête homme, que le 14 juillet vous étiez à Clermont, je dis le 14 juillet 1887, et qu'à la fin de la revue, pour laquelle vous aviez délégué le général Demay, commandant l'artillerie du 13ᵉ Corps d'armée, je suis allé, après avoir pris ses ordres, vous rendre compte que la revue s'était passée sans incident.

Il me semble également me rappeler que je vous ai fait signer, en même temps, une lettre au Ministre de la Guerre, par laquelle vous lui rendiez compte de l'impossibilité dans laquelle vous vous étiez trouvé de passer la revue; mais il faudrait pour s'en assurer consulter l'enregistrement de la correspondance de cette époque, ce que je n'ai pas fait.

Je vous prie d'agréer, mon Général, etc.

Colonel CHEVRETON.

Ce n'est pas encore tout, et à la même date, on recevait à Paris la dépêche suivante de M. Labordère, rédacteur en chef de l'*Appel au Peuple*, à Auch :

« Inspecteur Papillon, de passage à Mirande, affirme Boulanger était dans son lit, à Clermont-Ferrand, le 14 juillet. »

Emu de ces faits, M. Le Royer, président de la Haute-Cour, fit, par un reste de justice, interroger par commission rogatoire, les cinq témoins qui prétendaient avoir vù le général à Paris. Ces témoins qui, d'après Q. de Beaurepaire, avaient été si affirmatifs, ne le furent plus du tout alors et déclarèrent ne plus se souvenir exactement si c'était bien le 14 juillet 1887 que le général était venu au boulevard Malesherbes.

Un d'eux même, le sieur Quimène, concierge du n° 155, boulevard Malesherbes, adresse, le lendemain, à l'*Intransigeant*, une lettre de laquelle il résulte que sa déposition devant la Haute-Cour a été complètement dénaturée :

« Mme Pourpe, écrit-il, n'a habité la maison qu'en 1886, je n'ai donc pu voir ni déclarer à qui que ce fût, que M. le général Boulanger était boulevard Malesherbes, 155, le 14 juillet 1887. »

Le fait se passe de commentaires.

⁕

Avec de pareils démentis, il n'était plus possible de condamner Boulanger pour attentat et ce réquisitoire tombait de lui-même.

Cependant, il fallait une condamnation aux Ferry et aux Constans.

Et le Sénat s'est incliné.

Non seulement il a reconnu l'attentat, mais encore le complot et la concussion.

Pourtant les démentis sont encore plus nombreux que les ineptes accusations de Qu...esnay. Nos journaux en sont quotidiennement remplis, et si les dossiers accusateurs remplissent deux volumes, le double n'en suffirait pas pour en contenir les démentis, pas plus que les deux visages de ce vilain monsieur toqué ne suffiraient pour les giffles qui ont plu sur ses quatre joues! Car dans ses ébats désordonnés au milieu de la fange, il a tout éclaboussé.

Il a bavé sur tout.

Pour satisfaire la haine qui le ballonnait comme le venin un crapaud, il s'est dégonflé au hasard, salissant ce qu'il a pu atteindre.

Quesnay, pour cette répugnante tâche, a eu recours à ce qu'il y a de plus vil dans l'humanité, de plus bas dans l'échelle sociale, aux Buret, aux Alibert, aux Geissen, aux Cadiot, aux Jacques Meyer, etc. ;

A ce qu'il y a de plus bête au monde : aux portiers et aux agents de police ;

A ce qu'il y a de plus sale : aux mouchards !

C'est à la collaboration de ces gens-là qu'est dû ce mauvais rapport d'agent des mœurs, appelé pompeusement et ironiquement réquisitoire.

*
* *

Il n'y a eu rien de sacré pour ces facteurs des amusements de Ferry, pas même la défense nationale. Ainsi, n'a-t-on pas brûlé des diplomates de premier ordre, n'a-t-on pas rendu à jamais impossibles les services d'hommes dévoués et habiles, comme M. Foucault de Mondion.

Cet homme de cœur avait montré un dévouement et une habileté admirables. Il fut un des agents les plus actifs de la politique de réconciliation avec la Chine et l'organisateur du syndicat de ce nom qui a permis d'entrer en concurrence avec les Anglais et les Allemands.

M. de Mondion est resté plusieurs années à Berlin, en Allemagne. C'est lui qui s'est procuré des photographies de documents d'une gravité telle qu'ils ont permis à la France d'éclairer la Russie sur les trahisons de l'Allemagne à l'égard de cette puissance. C'est lui qui, par son audace et son habileté, est parvenu à rompre l'alliance russo-allemande.

Eh bien ! le calomniateur général a versé à pleine bouche sur cet homme de cœur les plus honteuses diffamations !

Dans un mouvement de colère et de dégoût, M. de Mondion écrit à la *France* :

Paris, le 8 août 1889.

Monsieur le Rédacteur en Chef,

Des infamies ont été proférées contre moi, hier, par M. Quesnay de Beaurepaire, Procureur général près la Haute Cour. Je donne à ses outrageantes calomnies le démenti le plus formel.

Je ne connais pas, je n'ai jamais connu de dame Meignan, condamnée pour proxénétisme à cinq ans de prison et ayant servi d'intermédiaire à Berlin entre le général Boulanger et le prince de Bismarck ; je n'ai jamais fondé de journal ; je n'ai jamais tenu de pension de famille.

Le reçu que le général Boulanger a été obligé de publier, est entièrement de ma main. Les faits, que je supplie le général Boulanger de dévoiler, prouveront la loyauté de ma conduite. J'ai servi mon pays avec un dévouement et une loyauté que tous les ministres ont loués depuis plus de six ans. Je n'ai été à Paris le correspondant de personne habitant Berlin, *puisque j'étais à Berlin.*

Je n'ai pas été à Londres chercher de rémunération.

Toutes les allégations de M. de Beaurepaire sont autant de mensonges; j'en appelle des outrages de M. le Procureur général à la justice de l'opinion publique et je souhaite ardemmemment qu'un loyal procès me rende la considération et l'estime que je n'ai jamais cessé d'obtenir de tous ceux qui m'ont connu.

FOUCAULT DE MONDION.

Aux yeux de la Cour, la parole ferme et honnête d'un patriote n'a pas prévalu sur les calomnies d'un plat ambitieux de la basoche. Mais celui-ci a reçu maintes giffles retentissantes et vengeresses dont ses joues garderont éternellement les traces.

« Tu dis, lui écrit M. Baillère, ancien maire de Clermont-Ferrand mis en cause par Quesnay, tu dis que le général Boulanger, qui vaut mieux dans son orteil que toi dans toute ta sacrée personne, m'a rencontré sur le pavé de Clermont-Ferrand. Eh! bien, je te préviens qu'un jour prochain, étant donné le dégoût que toi et les tiens vous inspirez au peuple honnête, je te préviens, dis-je, que ces pavés se lèveront et écraseront ta face de drôle, pour ne pas dire ta drôle de face. »

La vengeance ne se lèvera pas seulement contre lui !

Ils auront aussi leur châtiment ces 192 sénateurs qui ont prononcé la sentence inique ! Ces élus du suffrage restreint en rébellion contre le suffrage universel, leur maître !

Ce sont eux les vrais coupables de complot contre la liberté; les seuls coupables d'attentat, puisqu'ils se sont insurgés contre la volonté nationale !

AU PILORI !

Les personnes qui assistaient aux séances de cette Haute-Cour en sont sorties écœurées. Cette parodie de la justice indignait tous les gens de cœur.

« Je reviens écœuré du Sénat, disait un des six membres républicains qui, jusqu'au bout, sont restés fidèles à leur conscience, nous sommes à gauche vingt qui voulions juger le reste avait condamné d'avance.

« Un de mes collègues, qui représente le même département qu'un de vos amis du Parti national, déclara, pendant que le greffier Sorel lisait le réquisitoire, qu'il était tout à fait inutile que M. de Beaurepaire se donnât la peine de développer ses conclusions.

« M. de Beaurepaire ne nous a fourni aucune preuve ; il n'a procédé que par insinuations.

« Il ne reste rien, absolument rien, du fatras de paroles pompeuses du Procureur général ; pardon, il reste un amas de maladresses accumulées sur un monceau d'inepties.

— Alors, Monsieur le Sénateur, votre opinion est faite, le général est innocent ?

— Innocent des deux crimes qu'on lui impute. Depuis le procès de la Ligue des Patriotes, son attitude a été en tous points correcte, et, étant donné certaines conversations que j'ai entendues, le Général a bien fait de quitter la France et de n'y point rentrer pour se justifier.

« On était décidé à se débarrasser de lui à n'importe quel prix. Je termine sur ce mot : C'est un honnête homme. »

Oui, c'est un honnête homme ; sans cela, l'eût-on condamné ?

Sans cela, le jour de la manifestation de Lyon, se fût-il arraché aux 200,000 hommes qui l'acclamaient, pour gagner son poste de Clermont ! Ce jour-là, il lui eût suffi de crier à cette foule énivrée « à l'Elysée ! » il lui eût suffi d'un seul signe même pour renverser Grévy, son gendre, le concussionnaire, et son gouvernement !

Il ne l'a pas fait, parce que c'est un honnête homme, parce que c'est un patriote !

Aussi, à la nouvelle de la condamnation prononcée par le Sénat, à cette condamnation grotesque qui frappait de la même peine le chef et ses sous-ordres, toute la presse allemande exulta.

Et les journaux français, ô honte! reproduisirent leurs articles.

Pourtant, la *Gazette du Weser*, une des feuilles les plus violemment gallophobes de l'Allemagne, raconte que dans les cercles militaires le procès Boulanger est vivement discuté. Elle ajoute :

« Cependant nous devons reconnaître que le jour où le général Boulanger a pris possession du Ministère de la Guerre, l'armée française a repris confiance et a eu conscience de sa force. Depuis ce jour, la France traite d'égale à égale avec l'Allemagne et n'est plus la nation vaincue, qui tremblait devant nous. Il nous semble donc que les adversaires du Général sont inspirés par des intentions particulières que nous n'avons pas à discuter ici. »

Mais nous, Français, nous avons le droit de les discuter.

***

Les parlementaires exercent depuis douze ans un pouvoir tyrannique sur la France.

Les ruines se sont ajoutées aux ruines, les catastrophes financières, aux catastrophes industrielles ;

Les Juifs, qui sont les seuls maîtres de nos marchés, croulent nos meilleures maisons de crédit, font échouer nos entreprises les plus sûres ;

Un jour prochain viendra où la défense nationale dépendra même d'eux et alors... malheur à nous !

Quant au sol de la patrie, il a perdu la moitié de sa valeur, et le cultivateur ne trouve plus, dans son sein, le pain de la famille ;

Et les impôts vont tous les jours augmentant ;

Et les coffres de l'État sont toujours vides ;

Et la dette publique grossit tous les jours !

Et pendant que la petite épargne disparaît, la plupart de nos 600 exploiteurs s'enrichissent.

M. Rouvier, parti de rien, a eu l'audace de se plaindre par deux fois à la tribune de la Chambre de ce qu'il n'était pas riche : « J'ai à peine, ajoutait-il, 10,000 livres de rente ! »

M. Constans, parti aussi de rien, s'est enrichi à millions, lui, au Tonkin, dans ce pays qui nous a coûté tant d'argent et tant de sang et nous en coûtera tant encore ! C'est ce que cette crapule appelle « s'être enrichi dans les affaires ! »

* *

Y aura-t-il jamais assez de honte pour en couvrir tous ces infâmes!

Ne sont-ils point des infâmes, en effet, ceux qui, comme Ferry, ont imploré les conseils de M. de Bismarck aux yeux de l'Alsace et de la Lorraine désespérées ?

Ne sont-ils pas des infâmes, ceux qui ont désorganisé notre marine à tel point qu'elle ne peut plus défendre nos côtes; ceux qui ont tenté de démoraliser l'armée en mettant nos officiers aux mains des mouchards et nos généraux à la merci d'escrocs?

Ne sont-ils point des infâmes ceux qui ont violé toutes nos libertés?

Ces tyranneaux de village, détenteurs des foudres gouvernementales, espionnant les fonctionnaires, essayant de tout faire courber sous leur jacobinisme de commande, payé à la journée;

Ces préfets, transformés en agents de police, imposant leurs candidats, marchandant la presse et l'achetant, sacrifiant les suffrages, rassemblant autour d'eux tous les besogneux, tous les rastaquouères prêts à vomir l'injure, la calomnie, les diffamations, à la seule condition d'être bien payés;

Ces députés reniant leur programme, leurs électeurs, mutilant le mode du scrutin qui les a élus, attentant à la souveraineté du peuple et léchant la main au pouvoir ; commettant toutes les bassesses possibles et impossibles afin d'obtenir le patronage ministériel qui assurera, croient–ils, leur reélection et qui n'est que la marque flétrissante de l'esclave !

Tous, ils méritent un châtiment ; il ne se fera pas attendre.

L'heure de la grande vengeance approche.

On entend déjà le sourd mugissement de la tempête ; la grande voix en colère du peuple s'élève au loin ;

La vague s'enfle, monte et va engloutir tous ces bas-fonds qui, de notre beau pays de France, faisaient un marais.

Arrière les voleurs !

Place aux honnêtes !

Vive la France !

Vive Boulanger !

! ? !

Quelques jours avant l'arrêt grotesque condamnant le général Boulanger, MM. Dillon et Rochefort à la déportation perpétuelle dans une enceinte fortifiée, la *Petite République Française* démarquait dans les 194 voix (on ne s'est trompé que de 2 voix) assurées à Q. de Beaurepaire :

1	Frère de Jules Ferry...............	1
1	Ancien membre de l'Internationale	1
9	Fonctionnaires	9
14	Anciens ministres opportunistes.......	14
34	Sénateurs blackboulés par le suffrage universel	34
37	Anciens fonctionnaires...............	37

Soit....... 96 voix.

A ces voix devaient s'ajouter celles des sénateurs suivants :

1 Condamné à 2 ans de travaux forcés pour désertion	1
1 Condamné pour adultère	1
1 Sénateur se faisant soigner chez Pasteur	1
10 Sourds	10
15 Sénateurs atteint de la manie de la persécution . . . . , ...	15
28 Sénateurs tombés dans l'enfance à l'âge de soixante-cinq ans	28
40 Lâches	40
Soit	96

Total : 192 Infâmes.

Le Pays retiendra leurs noms !

N. B. — Les journaux ont publié la note suivante :

Le sénateur fugitif d'Andlau, dans une lettre qu'il a adressée à l'un de ses collègues du Sénat, a tenu à faire connaître que, s'il eût fait partie de la Haute Cour, il aurait voté pour la condamnation du général Boulanger.

Cela se comprend.

141

www.ingramcontent.com/pod-product-compliance
Lightning Source LLC
Chambersburg PA
CBHW061656180626
46818CB00003B/1129